동주, 별 헤는 밤

윤동주의 시를 그린다.

동주, 별 헤는 밤

전형근의 그래픽 포엠

달아실

작가의 말

윤동주의 10편의 詩를 재해석하면서 詩를 품은 그림을 그렸다.
선을 긋고 그리면서 알았다.
백 년 전 그가 바라보던 하늘의 별들과
백 년 후 내가 바라보는 하늘의 별들이
같은 별이었다.

단순한 재현이 아닌
그가 바라본 세상을 그리고 싶었다.
그가 절규한 그리움을 그리고 싶었다.
그의 언덕에 서서 별들을 바라보며
그가 되뇐 詩들이 그림 속의 언어가 될 수 있게
그가 헤아린 별들이 그림 속에서 빛날 수 있게
그의 막대기로 詩를 그리고 싶었다.

2017년 12월
전형근

차례

동주, 별 헤는 밤

동주는 죽었다
아니다, 단지
사라졌다 저 광활한 우주 속으로
아니다, 영원히
살아있다 저 광활한 우주 속에서, 별이 되고
유성이 되고

동주는
수억 년 죽어서도 빛으로 남을 것이니
지상에 잠시 유배되었던 별이었으니

동주가 쓰고 전형근이 그린 이 시집이
당신 먹먹한 가슴에 유성우로 내릴 수만
있다면

마침내 소멸이라도 좋으리

별 헤는 밤

계절이 지나가는 하늘에는

가을로 가득 차 있습니다.

나는 아무 걱정도 없이

가을 속의 별들을 다 헤일 듯합니다.

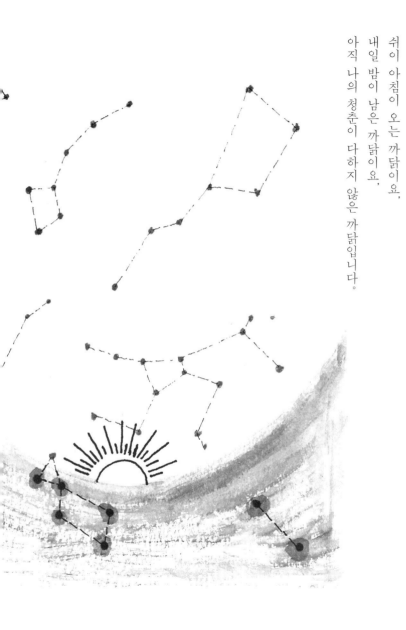

가슴 속에 하나 둘 새겨지는 별을

이제 다 못 헤는 것은

쉬이 아침이 오는 까닭이요,

내일 밤이 남은 까닭이요,

아직 나의 청춘이 다하지 않은 까닭입니다.

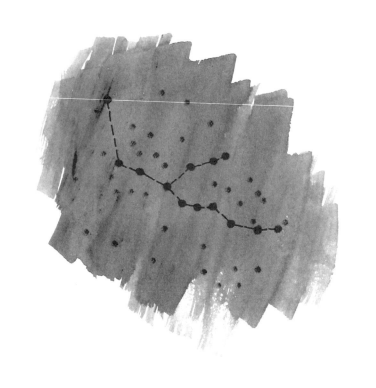

별

하
나
에

동
경
과

22 / 23

별
하
나
에

시
와

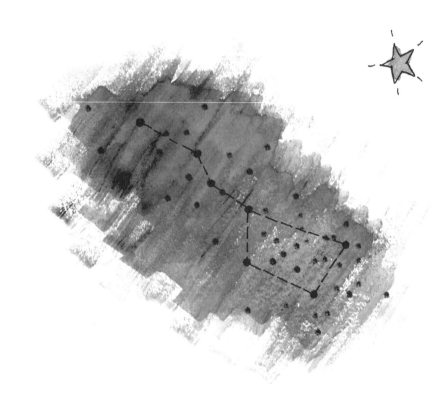

별 하나에 어머니, 어머니,

어머님, 나는 별 하나에 아름다운 말 한 마디씩 불러봅니다.

소학교 때 책상을 같이 했던 아이들의 이름과 패, 경, 옥 이런 이국 소녀들의 이름과 벌써 애기 어머니된 계집애들의 이름과, 가난한 이웃 사람들의 이름과, 비둘기, 강아지, 토끼, 노새, 노루, 「프란시스 잼」, 「라이너 마리아 릴케」, 이런 시인의 이름을 불러 봅니다.

이 네들은 너무나 멀리 있습니다.

별이 아스라이 멀듯이,

어머님,

그리고, 당신은 멀리 북간도에 계십니다.

나는 무엇인지 그리워

이 많은 별빛이 내린 언덕 위에

내 이름자를 써 보고,

흙으로 덮어 버리었습니다。

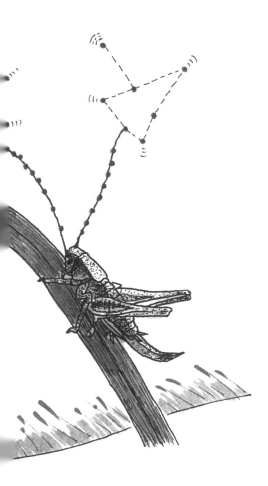

딴은 밤을 새워 우는 벌레는
부끄러운 이름을 슬퍼하는 까닭입니다.

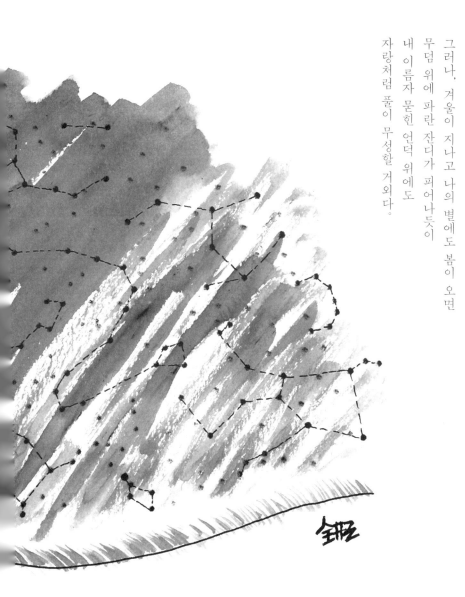

그러나, 겨울이 지나고 나의 별에도 봄이 오면

무덤 위에 파란 잔디가 피어나듯이

내 이름자 묻힌 언덕 위에도

자랑처럼 풀이 무성할 거외다.

별 헤는 밤

계절이 지나가는 하늘에는
가을로 가득 차 있습니다.

나는 아무 걱정도 없이
가을 속의 별들을 다 헤일 듯합니다.

가슴 속에 하나 둘 새겨지는 별을
이제 다 못 헤는 것은
쉬이 아침이 오는 까닭이요,
내일 밤이 남은 까닭이요,
아직 나의 청춘이 다하지 않은 까닭입니다.

별 하나에 추억과
별 하나에 사랑과
별 하나에 쓸쓸함과
별 하나에 동경과
별 하나에 시와
별 하나에 어머니, 어머니,

어머님, 나는 별 하나에 아름다운 말 한 마디씩 불러봅니다. 소학
교 때 책상을 같이 했던 아이들의 이름과 패, 경, 옥 이런 이국 소녀
들의 이름과 벌써 애기 어머니된 계집애들의 이름과, 가난한 이웃
사람들의 이름과, 비둘기, 강아지, 토끼, 노새, 노루, '프란시스 잼',

'라이너 마리아 릴케', 이런 시인의 이름을 불러 봅니다.

이네들은 너무나 멀리 있습니다.
별이 아스라이 멀듯이,

어머님,
그리고, 당신은 멀리 북간도에 계십니다.

나는 무엇인지 그리워
이 많은 별빛이 내린 언덕 위에
내 이름자를 써 보고,
흙으로 덮어 버리었습니다.

딴은 밤을 새워 우는 벌레는
부끄러운 이름을 슬퍼하는 까닭입니다.

그러나, 겨울이 지나고 나의 별에도 봄이 오면
무덤 위에 파란 잔디가 피어나듯이
내 이름자 묻힌 언덕 위에도
자랑처럼 풀이 무성할 거외다.

참회록

파란 녹이 낀 구리 거울 속에

내 얼굴이 남아 있는 것은

어느 왕조의 유물이기에

이다지도 욕될까

나는 나의 참회의 글을 한 줄에 줄이자

— 만 이십사 년 일 개월을

무슨 기쁨을 바라 살아 왔던가

내일이나 모레나 그 어느 즐거운 날에
나는 또 한 줄의 참회록을 써야 한다.
— 그때 그 젊은 나이에
왜 그런 부끄러운 고백을 했던가

밤이면 밤마다 나의 거울을

손바닥으로 발바닥으로 닦아 보자.

그러면 어느 운석 밑으로 홀로 걸어가는
슬픈 사람의 뒷모양이
거울 속에 나타나온다.

참회록

파란 녹이 낀 구리 거울 속에
내 얼굴이 남아 있는 것은
어느 왕조의 유물이기에
이다지도 욕될까

나는 나의 참회의 글을 한 줄에 줄이자
── 만 이십사년 일 개월을
무슨 기쁨을 바라 살아 왔던가

내일이나 모레나 그 어느 즐거운 날에
나는 또 한 줄의 참회록을 써야 한다.
── 그때 그 젊은 나이에
왜 그런 부끄러운 고백을 했던가

밤이면 밤마다 나의 거울을
손바닥으로 발바닥으로 닦아 보자.

그러면 어느 운석 밑으로 홀로 걸어가는
슬픈 사람의 뒷모양이
거울 속에 나타나온다.

또 다른 고향

내 백골이 따라와 한 방에 누웠다。

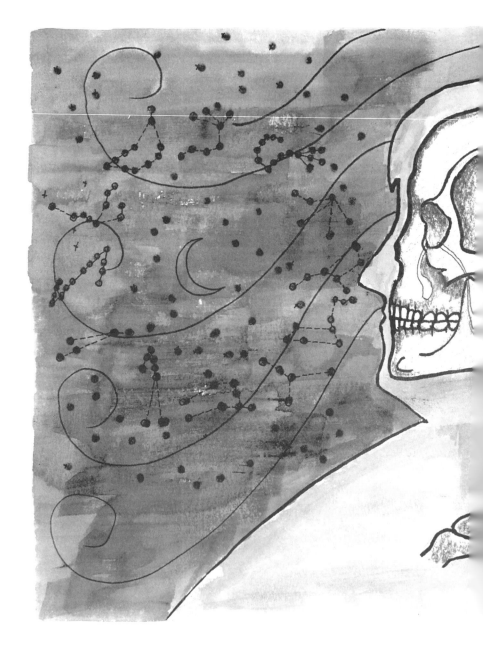

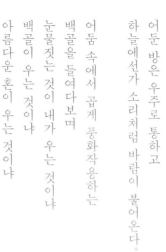

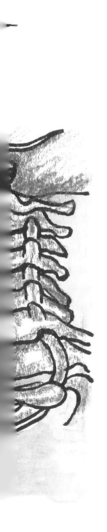

어두운 방은 우주로 통하고
하늘에선가 소리처럼 바람이 불어온다.

어둠 속에서 곱게 풍화작용하는
백골을 들여다보며
눈물짓는 것이 내가 우는 것이냐
백골이 우는 것이냐
아름다운 혼이 우는 것이냐

지조 높은 개는
밤을 새워 어둠을 짓는다

어둠을 짓는 개는
나를 쫓는 것일 게다

가자 가자

쫓기는 사람처럼 가자

백골 몰래

아름다운 또 다른 고향에 가자.

또 다른 고향

고향에 돌아온 날 밤에
내 백골이 따라와 한 방에 누웠다.

어둔 방은 우주로 통하고
하늘에선가 소리처럼 바람이 불어온다.

어둠 속에서 곱게 풍화작용하는
백골을 들여다보며
눈물짓는 것이 내가 우는 것이냐
백골이 우는 것이냐
아름다운 혼이 우는 것이냐

지조 높은 개는
밤을 새워 어둠을 짖는다

어둠을 짖는 개는
나를 쫓는 것일 게다

가자 가자
쫓기는 사람처럼 가자
백골 몰래
아름다운 또 다른 고향에 가자.

눈 오는 지도

순이가 떠난다는 아침에 말 못할 마음으로 함박눈이 내려,

슬픈 것처럼 창밖에 아득히 깔린 지도 위에 덮인다.

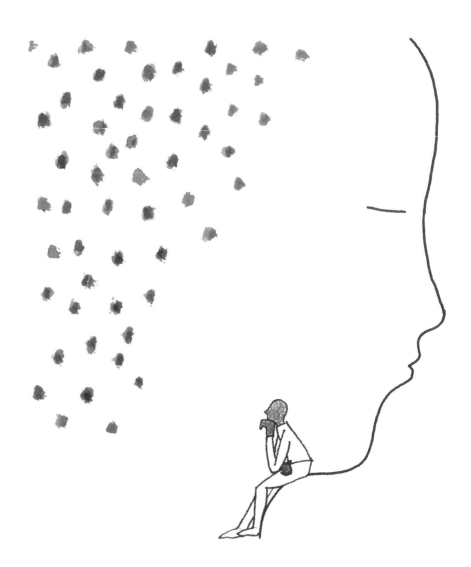

방 안을 돌아다보아야 아무도 없다. 벽과 천정이 하얗다.

방 안에까지 눈이 내리는 것일까. 정말 너는 잃어버린

역사처럼 홀홀이 가는 것이냐.

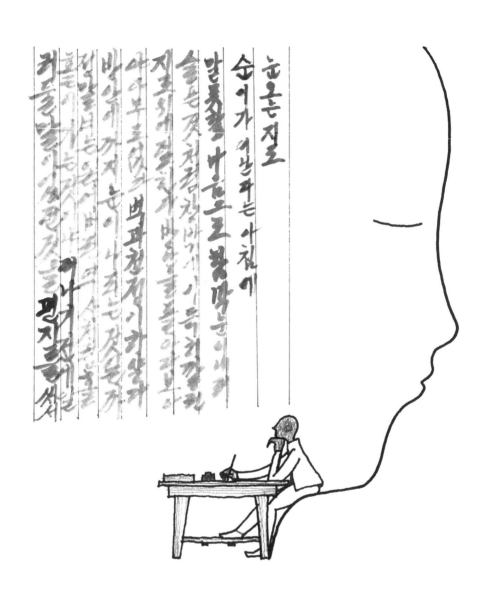

떠나기 전에 일러둘 말이 있던 것을 편지를 써서도

네가 가는 곳을 몰라 어느 거리, 어느 마을, 어느 지붕 밑, 너는

내 마음 속에만 남아 있는 것이냐,

네 쪼고만 발자욱을 눈이 자꾸 내려 덮여 따라갈 수도 없다.

눈이 녹으면 남은 발자욱 자리마다 꽃이 피리니

꽃 사이로 발자욱을 찾아 나서면 일 년 열두 달 하냥

내 마음에는 눈이 내리리라.

눈 오는 지도

순이가 떠난다는 아침에 말 못할 마음으로 함박눈이 내려, 슬픈 것처럼 창밖에 아득히 깔린 지도 위에 덮인다. 방 안을 돌아다보아야 아무도 없다. 벽과 천정이 하얗다. 방 안에까지 눈이 내리는 것일까. 정말 너는 잃어버린 역사처럼 홀홀이 가는 것이냐, 떠나기 전에 일러둘 말이 있던 것을 편지를 써서도 네가 가는 곳을 몰라 어느 거리,

어느 마을, 어느 지붕 밑, 너는 내 마음 속에만 남아 있는 것이냐, 네 쪼고만 발자욱을 눈이 자꾸 내려 덮여 따라갈 수도 없다. 눈이 녹으면 남은 발자욱 자리마다 꽃이 피리니 꽃 사이로 발자욱을 찾아 나서면 일 년 열두 달 하냥 내 마음에는 눈이 내리리라.

病원

살구나무 그늘로 얼굴을 가리고, 병원 뒤뜰에 누워, 젊은 여자가

흰 옷 아래로 하얀 다리를 드러내 놓고 일광욕을 한다。

한나절이 기울도록 가슴을 앓는다는 이 여자를 찾아오는 이,
나비 한 마리도 없다. 슬프지도 않은 살구나무 가지에는
바람조차 없다.

나도 모를 아픔을 오래 참다 처음으로 이곳에 찾아왔다.
그러나 나의 늙은 의사는 젊은이의 병을 모른다. 나한테는
병이 없다고 한다.

이 지나친 시련, 이 지나친 피로, 나는 성내서는 안 된다.

여자는 자리에서 일어나 옷깃을 여미고 화단에서 금잔화

한 포기를 따 가슴에 꽂고 병원 안으로 사라진다.

나는 그 여자의 건강이—아니 내 건강도 속히 회복되기를 바라며

그
가

누
웠
던

자
리
에

누
워

본
다
。

병원

　살구나무 그늘로 얼굴을 가리고, 병원 뒤뜰에 누워, 젊은 여자가
흰 옷 아래로 하얀 다리를 드러내 놓고 일광욕을 한다. 한나절이 기
울도록 가슴을 앓는다는 이 여자를 찾아오는 이, 나비 한 마리도 없
다. 슬프지도 않은 살구나무 가지에는 바람조차 없다.

　나도 모를 아픔을 오래 참다 처음으로 이곳에 찾아왔다. 그러나
나의 늙은 의사는 젊은이의 병을 모른다. 나한테는 병이 없다고 한
다. 이 지나친 시련, 이 지나친 피로, 나는 성내서는 안 된다.

여자는 자리에서 일어나 옷깃을 여미고 화단에서 금잔화 한 포기를 따 가슴에 꽂고 병원 안으로 사라진다. 나는 그 여자의 건강이― 아니 내 건강도 속히 회복되기를 바라며 그가 누웠던 자리에 누워 본다.

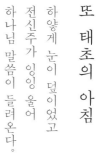

또 태초의 아침

하얗게 눈이 덮이었고
전신주가 잉잉 울어
하나님 말씀이 들려온다.

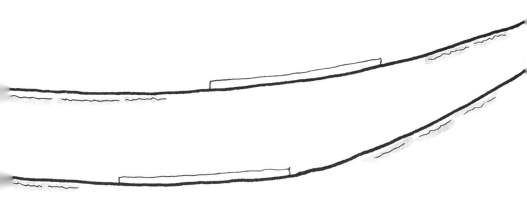

무
슨
계
시
일
까.

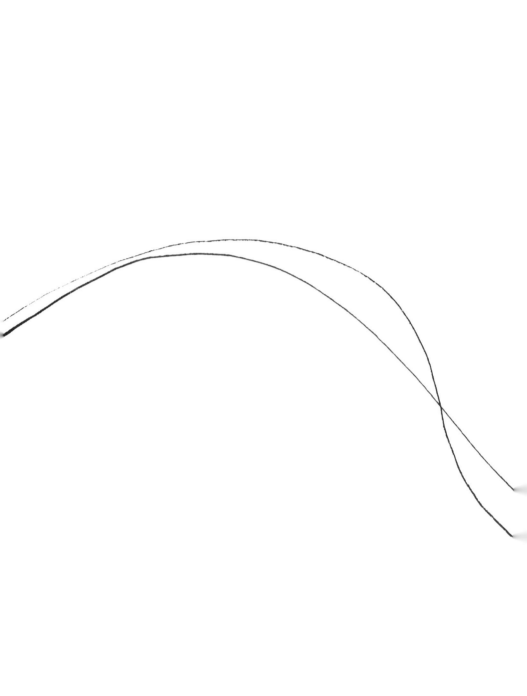

빨리
봄이
오면

눈이
죄를
짓고

밝아
이
를
짓
고

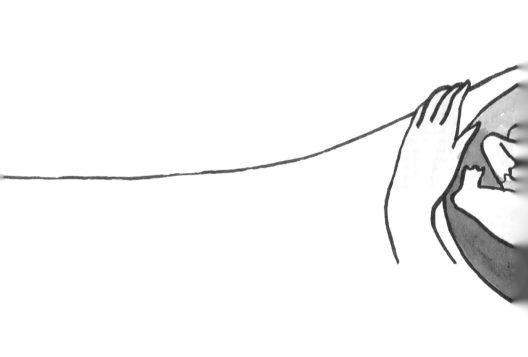

이
브
가
해
산
하
는
수
고
를
다
하
면

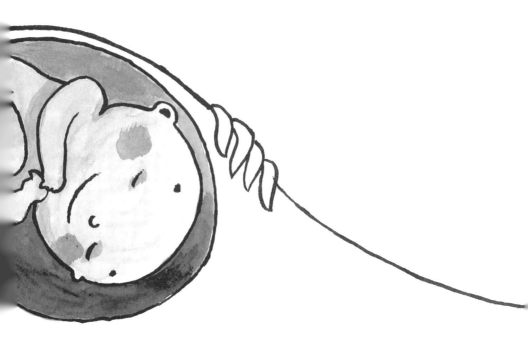

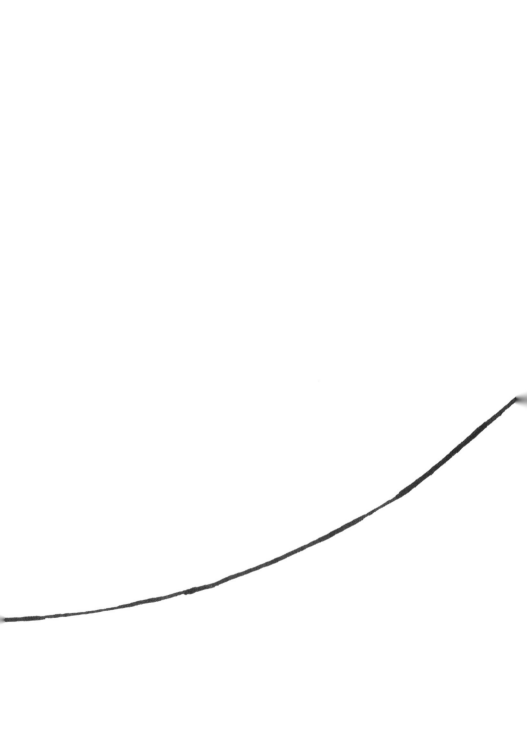

무화과 잎사귀로 부끄런 데를 가리고

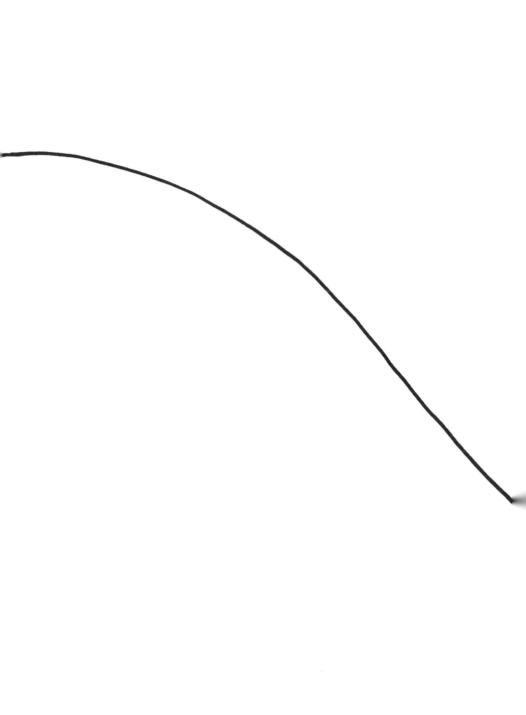

나는 이마에 땀을 흘려야겠다.

또 태초의 아침

하얗게 눈이 덮이었고
전신주가 잉잉 울어
하나님 말씀이 들려온다.

무슨 계시일까.

빨리
봄이 오면
죄를 짓고
눈이
밝아

이브가 해산하는 수고를 다하면

무화과 잎사귀로 부끄런 데를 가리고

나는 이마에 땀을 흘려야겠다.

바람이 불어

바람이 어디로부터 불어와
어디로 불려가는 것일까,

바람이 부는데

내 괴로움에는 이유가 없다.

내 괴로움에는 이유가 없을까,

단 한 여자를 사랑한 일도 없다.

시대를 슬퍼한 일도 없다.

바람이 자꾸 부는데
내 발이 반석 위에 섰다.

강물이 자꾸 흐르는데
내 발이 언덕 위에 섰다.

바람이 불어

바람이 어디로부터 불어와
어디로 불려가는 것일까,

바람이 부는데
내 괴로움에는 이유가 없다.

내 괴로움에는 이유가 없을까,

단 한 여자를 사랑한 일도 없다.
시대를 슬퍼한 일도 없다.

바람이 자꾸 부는데
내 발이 반석 위에 섰다.

강물이 자꾸 흐르는데
내 발이 언덕 위에 섰다.

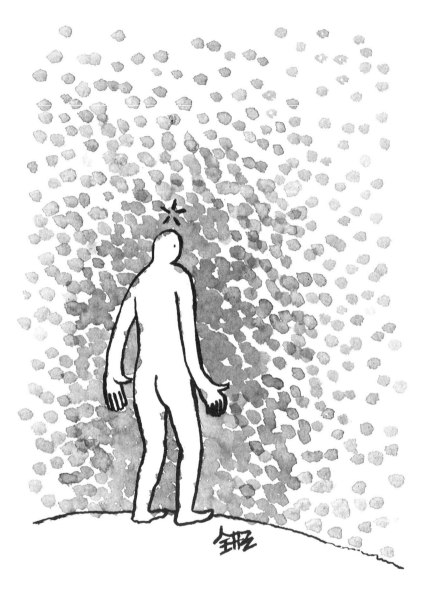

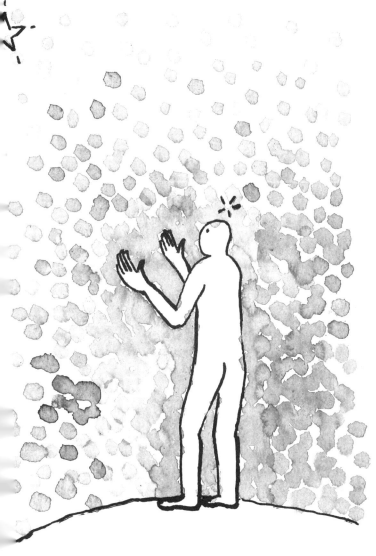

잎새에 이는 바람에도
나는 괴로워했다.

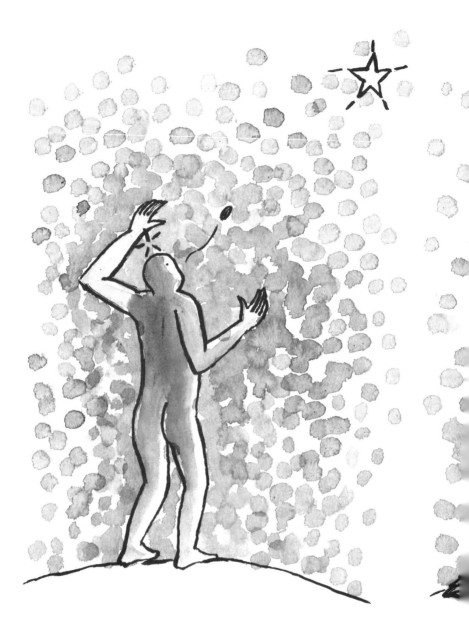

별을 노래하는 마음으로
모든 죽어가는 것을 사랑해야지

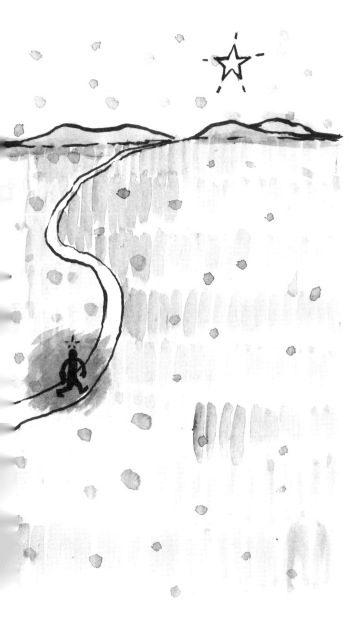

그리고 나한테 주어진 길을
걸어가야겠다.

오늘 밤에도 별이 바람에 스치운다.

서시

죽는 날까지 하늘을 우러러
한 점 부끄럼이 없기를,
잎새에 이는 바람에도
나는 괴로워했다.
별을 노래하는 마음으로
모든 죽어가는 것을 사랑해야지
그리고 나한테 주어진 길을
걸어가야겠다.

오늘 밤에도 별이 바람에 스치운다.

자화상

산모퉁이를 돌아 논가 외딴 우물을 홀로 찾아가선

가만히 들여다봅니다.

우물 속에는 달이 밝고 구름이 흐르고 하늘이
펼치고 파아란 바람이 불고 가을이 있습니다.

그리고 한 사나이가 있습니다.

어쩐지 그 사나이가 미워져 돌아갑니다.

돌아가다 생각하니 그 사나이가 가엾어집니다.

도로 가 들여다보니 사나이는 그대로 있습니다.

다시 그 사나이가 미워져 돌아갑니다.

돌아가다 생각하니 그 사나이가 그리워집니다.

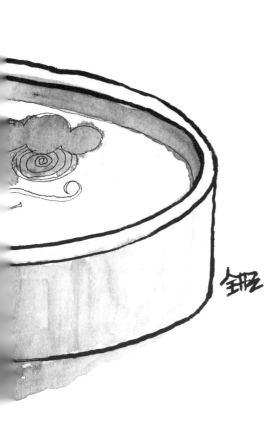

우물 속에는 달이 밝고 구름이 흐르고 하늘이
펼치고 파아란 바람이 불고 가을이 있고
추억처럼 사나이가 있습니다.

자화상

산모퉁이를 돌아 논가 외딴 우물을 홀로 찾아가선
가만히 들여다봅니다.

우물 속에는 달이 밝고 구름이 흐르고 하늘이
펼치고 파아란 바람이 불고 가을이 있습니다.

그리고 한 사나이가 있습니다.
어쩐지 그 사나이가 미워져 돌아갑니다.

돌아가다 생각하니 그 사나이가 가엾어집니다.
도로 가 들여다보니 사나이는 그대로 있습니다.

다시 그 사나이가 미워져 돌아갑니다.
돌아가다 생각하니 그 사나이가 그리워집니다.

우물 속에는 달이 밝고 구름이 흐르고 하늘이
펼치고 파아란 바람이 불고 가을이 있고
추억처럼 사나이가 있습니다.

소년

여기저기서 단풍잎 같은 슬픈 가을이 뚝뚝 떨어진다.

단풍잎 떨어져 나온 자리마다 봄을 마련해 놓고

나뭇가지 위에 하늘이 펼쳐 있다。

가만히 하늘을 들여다보려면 눈썹에 파란 물감이 든다.

두 손으로 따뜻한 볼을 씻어 보면

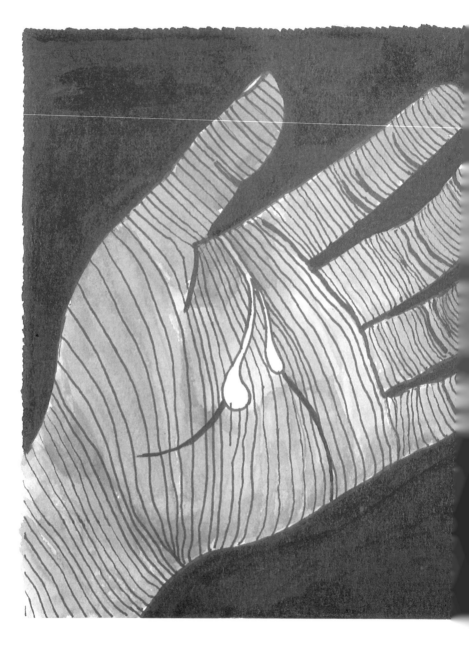

손바닥에도 파란 물감이 묻어난다. 다시 손바닥을 들여다본다.

손금에는 맑은 강물이 흐르고, 맑은 강물이 흐르고,

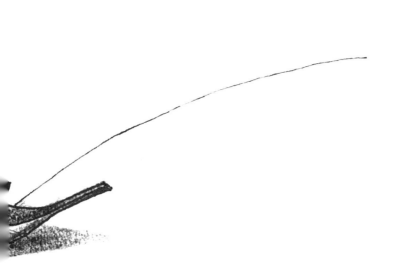

강물 속에는 사랑처럼 슬픈 얼굴—

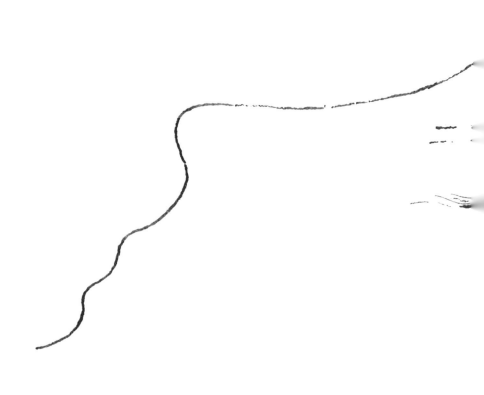

아름다운 순이의 얼굴이 어린다。

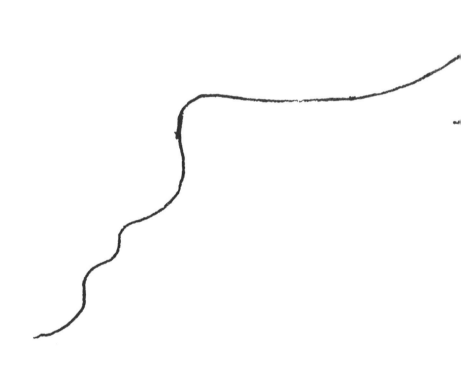

소년은 황홀히 눈을 감아 본다.

그래도 맑은 강물은 흘러 사랑처럼 슬픈 얼굴—

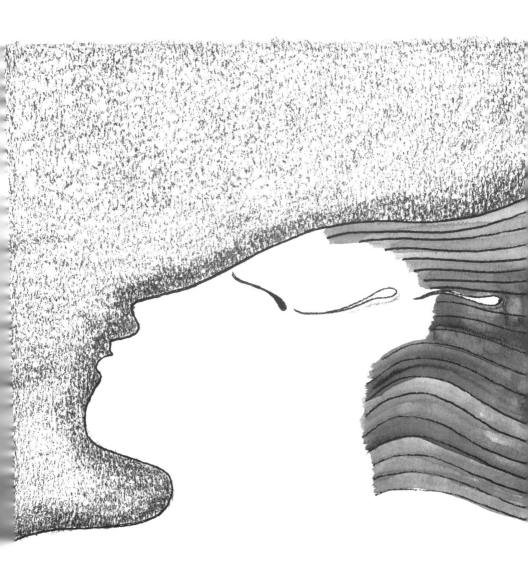

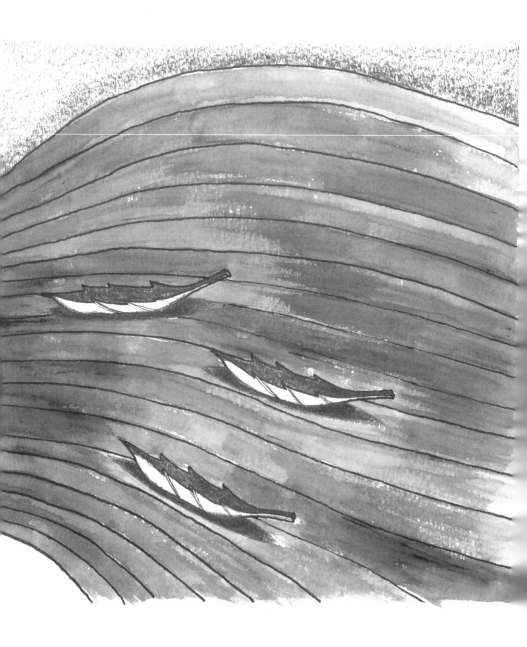

아름다운 순이의 얼굴은 어린다.

소년

　여기저기서 단풍잎 같은 슬픈 가을이 뚝뚝 떨어진다. 단풍잎 떨어져 나온 자리마다 봄을 마련해 놓고 나뭇가지 위에 하늘이 펼쳐 있다. 가만히 하늘을 들여다보려면 눈썹에 파란 물감이 든다. 두 손으로 따뜻한 볼을 씻어 보면 손바닥에도 파란 물감이 묻어난다.

다시 손바닥을 들여다본다. 손금에는 맑은 강물이 흐르고, 맑은 강물이 흐르고, 강물 속에는 사랑처럼 슬픈 얼굴― 아름다운 순이의 얼굴이 어린다. 소년은 황홀히 눈을 감아 본다. 그래도 맑은 강물은 흘러 사랑처럼 슬픈 얼굴― 아름다운 순이의 얼굴은 어린다.

발문

시를 그린다

박제영
시인

"형근이 형, 윤동주 탄생 100주년인데, 윤동주 시집 하나 새롭게 만들어보면 어떨까?"

"뭔 소리야?"

"윤동주의 시를 형이 좀 그려보란 얘기야."

"자다가 봉창 두드리는 것도 아니고, 뜬금없이 시를 그리라니?"

"일단 사무실로 좀 나와. 만나서 얘기해."

지난 9월 초, 그러니까 석 달 전의 일이다. 형이 지난 몇 년 여러 프로젝트를 벌이면서도 틈틈이 그래픽 포엠 작업을 해왔다는 것을 알고 있던 터라 이참에 윤동주의 시로 제대로 된 그래픽 포엠 시집을 한 권 만들자고 제안한 것이다. 여유가 별로 없어서, 한 달 안에 끝낼 수 있겠냐고, 한 달 안에 끝내야 한다고, 짧게 덧붙였다.

늘 그랬듯이, 형은 쉽게 대답했다. "그러지 머."

윤동주 시집 『하늘과 바람과 별과 시』에서 열 편의 시를 추려서 작업에 들어갔다. 그리고 한 달쯤 되었을까, 형에게 전화가 왔다.

"제영아, 내가 미쳤나 보다. 시놉 짜는 것도 아직 다 못 끝냈다. 한 달은 죽었다 깨도 못 하겠다. 어쩌냐?"

"천하의 전형근도 이제 맛이 갔나 보다. 형은 할 수 있어. 내가 형을 하루이틀 본 것도 아니고. 두 달 더 줄 테니까 11월 말까지만 끝냅시다. 파이팅!"

한 달은 처음부터 무리라는 것을 이미 알고 있었다. 그런데 그렇게 해야 짧은 시간 안에 형이 에너지를 뽑아낼 거라는 계산이 서 있던 터였다. 이제 와서 얘기지만 처음부터 석 달을 얘기했으면 아마도 올해 안에 끝내지 못했을 거다. 그렇게 석 달 만에 형의 작품이 내 손에 들어왔다. 역시 천하의 전형근이었다. 윤동주의 시가 전형근의 그림으로 새롭게 태어난 것이다. 하늘에서 윤동주 시인도 기뻐할 줄 믿는다.

형은 이번 작품에 미진한 게 많아서 아쉬움이 크다고 했다. 정말로 제대로 된 작품을 만들어 보고 싶다고 했다. 그래서 또 제안했다. "형, 그럼 내년에는 백석을 제대로 한 번 만들어 봅시다."

이번 전형근의 그래픽 포엠 『동주, 별 헤는 밤』에 이어 내년에 나올 『백석, 남신의주 유동 박시봉방』(가제)도 기대하셔도 좋겠다.

전형근의 그래픽 포엠
별 헤는 밤

1판 1쇄 인쇄	2017년 12월 20일
1판 1쇄 발행	2017년 12월 30일

지은이	전형근
발행인	윤미소
발행처	㈜달아실출판사

기획	박제영
편집디자인	안수연
마케팅	배상휘

주소	강원도 춘천시 서부대성로 48번길 12, 2층
전화	033-241-7661
팩스	033-241-7662
이메일	dalasilmoongo@naver.com
출판등록	2016년 12월 30일 제494호

© 전형근, 2017

ISBN	979-11-88710-04-1	(03810)